Deni  W9-CTB-907

LES YEUX
D'ÉMERAUDE

Illustrations
de Stéphane Poulin

la courte échelle

Les éditions de la courte échelle inc.

Les éditions de la courte échelle inc.
5243, boul. Saint-Laurent
Montréal (Québec) H2T 1S4

Conception graphique:
Derome design inc.

Révision des textes:
Odette Lord

Dépôt légal, 3e trimestre 1991
Bibliothèque nationale du Québec

Données de catalogage avant publication (Canada)

Côté, Denis, 1954-

   Les yeux d'émeraude

   (Roman Jeunesse; 31)

   ISBN: 2-89021-165-7

   I. Poulin, Stéphane.   II. Titre.   III. Collection.

PS8555.O76Y38 1991   jC843'.54   C91-096423-8
PS9555.O76Y38 1991
PZ23.C67Ye 1991

Denis Côté

Denis Côté est né le 1er janvier 1954 à Québec où il vit toujours. Connu surtout comme écrivain pour les jeunes, il écrit aussi pour les adultes. Ses romans lui ont valu plusieurs prix, dont le Prix du Conseil des Arts, le Grand Prix de la science-fiction et du fantastique québécois et le prix d'excellence de l'Association des consommateurs du Québec, Livres 91. Certains de ses livres ont été traduits en anglais, en chinois, en danois, en espagnol, en italien et en néerlandais. *Les yeux d'émeraude* est le quinzième livre pour les jeunes qu'il publie.

Stéphane Poulin

Stéphane Poulin est né en 1961. En 1983, il remporte la mention des enfants au concours Communication-Jeunesse. Depuis, il a obtenu plusieurs prix, dont le Prix du Conseil des Arts, en 1986. En 1988, il reçoit le *Elizabeth Cleaver Award of Excellence* pour l'illustration du meilleur livre canadien de l'année. En 1989, il obtient le *Boston Globe Award of Excellence,* prix international du meilleur livre de l'année, ainsi que le *Vicky Metcalf Award for Body of Work,* pour l'ensemble de son travail d'illustrateur. Et en 1990, il gagne le Prix du Gouverneur général. *Les yeux d'émeraude* est le quatrième roman qu'il illustre à la courte échelle.

Denis Côté

LES YEUX D'ÉMERAUDE

Illustrations
de Stéphane Poulin

la courte échelle

Les éditions de la courte échelle inc.

Chapitre I
Le chat perdu

On revenait de l'école, mes amis et moi. C'était en fin d'après-midi, par une froide journée de printemps.

On est arrivés au terrain de jeu municipal qui nous servait de raccourci. Chaque jour, nos routes se séparaient là. Jo et Pouce continuaient ensemble, tandis que je prenais une autre direction pour traverser le parc.

Autour de nous, les bancs de neige fondaient comme de la margarine. Les arbres frileux tendaient leurs branches vers le ciel afin qu'il leur donne de quoi s'habiller au plus vite.

Les jeux abandonnés ressemblaient à des squelettes métalliques. L'eau verdâtre qui remplissait les piscines me rappelait la soupe aux asperges.

J'ai invité Pouce à ne pas perdre courage. Car notre colossal ami faisait partie d'une ligue de hockey, et son équipe était plongée jusqu'au cou dans les séries éliminatoires. Le prochain match aurait lieu deux jours plus tard.

Puis j'ai souhaité à Jo de faire de beaux rêves. Et surtout de les interpréter comme il faut. L'interprétation des rêves, c'était son nouveau dada depuis quelques semaines. À l'entendre, tous nos rêves avaient une signification super importante.

Mes amis partis, j'ai respiré un grand coup. Mon haleine est allée rejoindre les nuages.

Soudain, j'ai cru entendre quelque chose! Une plainte, un appel, je ne savais pas quoi au juste. Je me suis arrêté de marcher, les deux pieds dans la boue, et le nez dans l'air froid. Comme un vrai héros, j'ai tendu l'oreille et j'ai scruté lentement la grise étendue.

Rien. Le silence était roi de nouveau.

À l'instant où je tournais les talons, le cri s'est répété. Plus de doute cette fois. J'avais entendu un miaulement!

J'ai découvert le chat au pied d'un arbre, couché sur une grosse racine. Couché? Je devrais plutôt dire aplati, tellement le pauvre animal avait l'air misérable. Il

m'a laissé approcher sans réagir.

Ses yeux verts me fixaient piteusement. Il grelottait. Il ne semblait pas blessé, ni malade. Mais effrayé.

J'ai fait encore un pas. Malgré le peu

de lumière, je devinais qu'il était beau. C'était un chat adulte à poils longs, une sorte d'angora roux-orangé.

Doucement, je me suis penché sur lui. Puisqu'il restait immobile, j'ai tendu la main et je l'ai touché. Il m'a regardé droit dans les yeux. Puis il a lancé un autre miaulement de supplication.

Instantanément, j'ai eu le coup de foudre pour cet animal.

***

Entre les chats et moi, c'est une histoire d'amour depuis longtemps.

Pourtant, je n'ai jamais pu en avoir un à la maison. Hugo, mon père, souffre d'une allergie stupide, mais très sérieuse.

Les chats que j'ai connus ont donc toujours été ceux des autres.

Lorsque j'en croisais un sur le trottoir, je m'arrêtais. S'il s'arrêtait lui aussi, je lui parlais. Bien sûr, je ne disais pas des choses géniales. Seulement des bêtises du genre:

— Oh! le beau minou! Comment ça va, mon beau minou?

Parfois il me répondait dans son langage de chat. Ou il venait à moi et frôlait mes jambes. Je le caressais. Quand il se mettait à ronronner, je devenais fou de tendresse.

Ces brèves rencontres me permettaient d'oublier ma frustration. En guise de consolation, je me disais que tous les chats errants ou perdus étaient mes amis.

***

Je l'ai soulevé avec précaution. Il était mou, une vraie guenille.

Je l'ai examiné. Il n'avait aucune trace de blessure. Il avait l'air tout simplement terrifié.

Je l'ai serré contre moi. Je lui ai murmuré quelques mots pour le réconforter. Sa fourrure était soyeuse. Après un moment, son petit moteur invisible s'est mis à ronronner.

En entendant cette mélodie, j'ai pris une étrange résolution.

CE CHAT ABANDONNÉ ALLAIT DEVENIR MON PREMIER CHAT.

Je ne pouvais pas le laisser se débrouiller seul dans ce parc! J'en étais incapable!

C'était peut-être enfantin de ma part.

Mais j'emmènerais ce chat à la maison et je le garderais, coûte que coûte. Et tant pis pour l'allergie de Hugo!

***

Quand je suis rentré, la maison s'est figée net.

Le sourire de Prune a disparu au ralenti, tandis que Hugo m'observait comme si je rapportais un alligator. Puis mes parents se sont regardés sans un mot. Longtemps. On aurait dit une cassette vidéo bloquée sur PAUSE.

— Il est beau, hein?

— Euh!... oui, oui... superbe! a répondu papa en ravalant sa salive.

Prune est venue vers moi. J'ai senti le chat se raidir dans mes bras.

— N'approche pas, maman! Quelque chose l'a traumatisé.

— Traumatisé? Rien que ça!

Depuis quelque temps, Prune passait ses journées à la maison. Ma mère est mécanicienne, mais le garage où elle travaille était en grève. En revenant de l'école, j'avais donc droit à une Prune complètement différente de la Prune normale.

Elle était maintenant très propre et joliment coiffée. Parfois elle avait juste les mains un peu sales parce qu'elle aidait Hugo à préparer le repas.

Ma soeur Ozzie, elle, était absente. Lorsqu'elle partait, c'était soi-disant en tournée avec son orchestre *heavy metal*. À mon avis, elle était plutôt tombée amoureuse d'un gars vivant dans une autre ville. Il en existait sûrement un, quelque part, assez malade pour la trouver à son goût.

— C'est un chat perdu, je présume? a demandé Prune.

J'ai fait signe que oui et j'ai mis le cap sur ma chambre. Sa main m'a intercepté. Elle fronçait les sourcils, mais elle n'était pas en colère.

— Je le garde!

J'avais dit ça d'un ton si ferme que ça m'a surpris moi-même.

— Maxime? Voyons! Tu sais comment ton père réagit à la présence d'un chat! On te l'a expliqué combien de fois?

— Désolé, maman. Je le garde!

Le livre que tenait Hugo a atterri sur le tapis. Je me suis déguisé en courant d'air et j'ai filé jusqu'à ma chambre.

***

J'ai confectionné une couchette dans un coin et j'y ai installé le chat. J'en ai profité pour voir si c'était un mâle ou une femelle. C'était une dame.

Je l'ai dorlotée longtemps.

Le plus beau chez elle, c'étaient ses yeux! Si grands, si intelligents! Sans être un expert, j'avais reconnu leur couleur: ils étaient vert émeraude.

Elle avait peut-être faim ou soif. Je me suis donc rendu à la cuisine. Du salon, Hugo et Prune me suivaient des yeux.

— Je peux lui donner les restes du poulet?

— J'ai une bien meilleure idée! a répondu Prune. Si on lui préparait un canard à l'orange?

J'ai versé du lait dans un deuxième bol. En refermant la porte de ma chambre, j'ai entendu Hugo qui chuchotait:

— Laisse tomber, chérie. On en discutera tous les trois plus tard, ça va?

Je suis descendu au sous-sol chercher la boîte en plastique qui nous servait à un million d'usages. Je l'ai remplie à moitié de sciure de bois. Ça serait extra comme bac à litière.

***

Pendant que je bûchais un problème de maths, la chatte s'est enfin décidée à manger. Elle a nettoyé l'assiette de poulet en un temps record, avant de régler son compte au bol de lait.

Elle a passé l'heure suivante à m'observer du coin de l'oeil. Son repas semblait l'avoir revigorée.

Lorsque je lui ai souhaité bonne nuit, son dos est venu rencontrer mes caresses. J'ai éteint et je me suis couché.

À vrai dire, je ne me reconnaissais plus tout à fait moi-même.

Pourquoi est-ce que j'imposais ce chat à mon père allergique? Pourquoi était-ce si important que je m'en occupe?

J'ignorais aussi où j'avais pris cette autre résolution saugrenue: cacher à Jo et à Pouce l'existence de cet animal.

Tandis que je m'endormais, son doux ronronnement chatouillait le silence.

***

Je me suis réveillé en sursaut. J'ai tourné la tête.

En pleine obscurité, les yeux de la chatte faisaient deux taches lumineuses!

Je savais que, la nuit, les yeux d'un chat peuvent refléter la lumière. Celle des phares d'une voiture, par exemple.

Autour de moi pourtant, il n'y avait aucune lumière à refléter.

Les yeux se sont éteints au bout de quelques secondes.

Chapitre II
Les lucioles vertes

Quand on est revenus de l'école, le lendemain après-midi, je n'avais qu'une idée en tête: revoir mon chat.

Pouce était nerveux parce que le troisième match de sa série approchait dangereusement. Son équipe traînait de l'arrière: 0 à 2.

De son côté, Jo parlait sans cesse du cauchemar qu'elle avait fait la nuit précédente. Dans son rêve loufoque, j'avais rencontré une autre fille avec qui je filais le parfait amour.

Comment aurais-je pu m'empêcher de rigoler? Ce cauchemar était bien la preuve que les rêves sont souvent des inventions.

Maman était partie faire des courses. Sur le divan du salon, Hugo lisait.

— Maxime, ton colocataire n'a pas le caractère facile, hein?

— Pourquoi dis-tu ça?

L'allergie avait commencé à ravager mon père. Ses paupières gonflaient, son nez ressemblait à un feu rouge. En le voyant ainsi, j'ai eu envie de congédier mon chat. Cette pensée a juste traversé mon esprit cependant, comme une étoile filante.

— J'avais ouvert la porte de ta chambre pour qu'il visite la maison. Habituellement les chats explorent assez rapidement leur nouveau territoire. Mais il n'est pas sorti une fois pendant la journée!

— C'est anormal?

— Disons que c'est curieux. Et puis, lorsque je suis entré voir comment il allait, il m'a regardé en sifflant et en crachant.

— Alors, elle va mieux, papa! Elle était intimidée hier!

— *Elle?* Ah! c'est une chatte! Eh bien, Maxime, ta chatte a peut-être un problème! Sois prudent. Un chat perturbé, ça peut être dangereux.

Elle dormait sur mon lit. En m'entendant arriver, elle a ouvert les yeux. Elle ne montrait aucune agressivité. Bien au contraire, elle s'est mise à ronronner quand je me suis assis à côté d'elle.

***

Le soir, j'ai fait une vilaine découverte au milieu de ma chambre. À bonne distance du bac à litière, des crottes formaient un petit tas sur le plancher.

J'ai vite déniché la coupable sous le lit. Oh! la comique ne s'était pas cachée parce qu'elle avait peur de moi! Mais bien parce que son exploit fabuleux l'avait surprise elle-même!

Pourquoi étais-je si sûr de connaître ses sentiments? Je l'ignorais. En tout cas, au lieu de la punir, je l'ai prise dans mes bras.

Ensuite, il s'est produit quelque chose d'abracadabrant!

Je me suis *éteint*. J'ai perdu connaissance, d'une certaine façon. Attention! je ne me suis pas évanoui comme si un bandit m'avait assommé! Car je suis demeuré bien assis, les yeux grands ouverts, sans arrêter de câliner le chat.

Mais quand je me suis *rallumé*, plus d'une heure s'était écoulée sur le cadran de mon réveil.

Et puis je me sentais tellement à l'envers! La foutue impression de ne pas être moi était plus forte que jamais. Il a même fallu que je m'étende.

Restée près de moi, la chatte avait l'air parfaitement tranquille.

***

Pendant la nuit, j'ai fait un cauchemar épouvantable!

J'étais devenu un chat. Et j'errais dans un labyrinthe, cherchant en vain une issue. Je devais pourtant en trouver une! Ma vie en dépendait!

À l'intérieur de mon nouveau corps, je me sentais à l'étroit. J'étouffais. Je savais bien que je n'étais pas un chat en réalité. J'avais donc terriblement envie de déchirer cette enveloppe qui m'emprisonnait!

Je courais et courais, affolé, mais les couloirs ne débouchaient que sur d'autres couloirs. À chaque pas, la sortie s'éloignait, et la peau du chat m'étranglait davantage.

C'était atroce! Jamais un cauchemar ne m'avait effrayé autant!

Pris de panique, j'ai émergé de mes draps pour éviter de m'y noyer. Mon coeur jouait du rock dans ma poitrine.

Alors, la chatte a poussé un MMMEAO!

à me surgeler le sang. Ses yeux étince-
laient, semblables à deux lucioles vertes.

Elle se tenait à côté du lit. Son regard
phosphorescent avait quelque chose de
surnaturel. J'ai reculé jusqu'à ce que
mon dos touche le mur.

Elle a sauté sur le lit avec l'élégance
d'une acrobate. Elle s'est assise çalme-
ment. Nos regards étaient rivés l'un à
l'autre.

Mon coeur changeait de tempo peu à
peu. Les lucioles ne me faisaient pas vraiment peur, elles me fascinaient plutôt.
Ma volonté s'affaiblissait, comme si une
présence extérieure s'imposait à elle.

Puis, en dedans de mon crâne, une
voix lointaine a prononcé des mots! Une

voix neutre, ni féminine ni masculine. Elle a répété plusieurs fois:

«Lieu inconnu.»

Comment fait-on pour répondre à une voix qu'on entend dans sa tête? En murmurant, je me suis adressé à la chatte:

— C'est toi qui me parles?

Je m'attendais à n'importe quoi. Mais quand la voix intérieure m'a répondu oui, j'ai failli hurler!

— Eh là! Oh! Impossible! Un chat, ça ne parle pas, et encore moins par télépathie!

J'ai entendu la réplique à l'intérieur de mon esprit:

«Expliquer est difficile.»

— C'est dingue!... Veux-tu bien me dire qui tu es?

«Expliquer est difficile. Je viens d'ailleurs.»

— Ne me raconte pas que tu viens d'une autre planète!

«Je ne connais pas planète.»

Je me suis dit: «Quelle sorte de chatte bizarre est-elle?»

Et elle a répondu aussitôt:

«Chatte? Je ne connais pas.»

Elle avait capté la réflexion que je m'étais faite! Tentant alors une expérience, j'ai pensé de toutes mes forces:

«Tu es une chatte! C'est ce que tu es: une chatte!»

«Chatte pas moi. Ce corps est un abri.»

Elle entendait mes pensées, elle aussi! Afin de m'empêcher de crier, je me suis collé la main sur la bouche!

Les questions bourdonnaient en moi. Mais je devais accepter l'évidence. Je ne rêvais pas! J'étais réellement en train de bavarder par télépathie avec ce chat!

Ensuite, elle m'a dit:

«D'UN AUTRE LIEU JE VIENS ET J'AI PERDU MON LIEU.»

Chapitre III
La porte disparue

Elle a émis un long miaulement triste. J'ai entendu bouger dans la chambre de mes parents.

«Tu as perdu ton lieu? Qu'est-ce que ça veut dire, ça?»

«Expliquer est difficile. J'ai franchi une porte et me voici dans ton lieu.»

À partir de là, petit à petit, j'ai commencé à comprendre.

L'être avec qui je communiquais ne venait pas d'une autre planète, mais d'une autre dimension. Et les créatures de ce monde différent sont immatérielles, c'est-à-dire qu'elles n'ont pas de corps.

Par erreur, il avait traversé une vraie porte de science-fiction qui s'ouvrait sur notre monde à nous. Sur le parc municipal, plus précisément.

Il avait rôdé là un certain temps, terrifié de ne plus rien reconnaître aux alentours. Finalement, il avait rencontré un chat. Et il avait compris que la seule façon de survivre ici était de lui voler son corps.

«Écoute, je vais te ramener au parc, si tu veux. Je t'aiderai à retrouver la porte, et tu pourras repartir.»

«Porte disparue. Retourner chez moi est impossible.»

La chatte est venue quêter mes caresses. Malgré ce que j'avais appris, elle ressemblait à n'importe quel animal réclamant sa dose d'affection.

«Pourquoi ton corps si différent?»

«Tu es un chat, et je suis un humain... Mais j'y pense! Si les êtres, chez toi, n'ont pas de corps... euh!... alors, ils n'ont pas de... Bref, es-tu un mâle ou une femelle?»

«Mâle? Femelle? Je ne connais pas.»

Je n'avais pas envie de lui donner un cours de biologie. Puisqu'elle avait emprunté le corps d'une femelle, j'étais porté à penser à elle au féminin. Ça me suffisait.

Quand je lui ai demandé son âge, il a fallu que je lui explique nos manières de calculer le temps.

«Sur la Terre, cent ans j'aurais», a-t-elle fini par dire.

Puis j'ai voulu savoir si elle avait un nom. Après une hésitation, elle m'a répondu: «Émeraude». La coïncidence m'a amusé. Son nom correspondait exactement à la couleur de ses yeux!

J'ai passé une partie de la nuit à la serrer contre moi. Elle était encore déboussolée, mais je voyais bien qu'elle appréciait ma compagnie.

De temps à autre, je lui posais une nouvelle question. Ses réponses m'éclairaient à peine. Apparemment, nos deux mondes n'avaient pas beaucoup de points communs.

Maintenant que je connaissais mieux la cause de son désarroi, Émeraude m'était encore plus précieuse. À la loterie des chats perdus, j'avais vraiment gagné le gros lot. C'était le moins qu'on puisse dire.

***

À mon réveil, elle était toujours pelotonnée contre moi.

«Ce corps est encombrant. Mettre viande dans ma bouche, lécher ma fourrure... C'est dégueulasse!»

J'ai failli pouffer de rire. À force de parler avec moi par télépathie, elle commençait à apprendre mon vocabulaire.

Prune m'a signalé que les oeufs seraient prêts dans cinq minutes. Je suis allé ouvrir une boîte de thon. À mon retour, Émeraude s'est entortillée autour de mes jambes.

«Humains inconnus. Qui?»

«Hugo et Prune? Ce sont mes parents.»

«Je ne connais pas parents.»

«Tu n'en as pas? Qui donc s'occupe des bébés chez toi?»

«Ton langage dirait: la mamanpapa.»

J'étais accroupi. Elle frottait sa tête sur mes genoux.

«Parents? Tu les... aimes?»

«Évidemment!»

«Aimes-tu Émeraude malgré son corps dégueulasse?»

Sa question était si attendrissante que je l'ai prise dans mes bras.

«Bien sûr que je t'aime, petite minette imbécile! Je ne m'occuperais pas de toi si je ne t'aimais pas!»

***

— Papa ne mange pas avec nous?

Prune ne m'a pas répondu. Elle fixait son bol de céréales comme si elle tentait une expérience de lévitation.

— Ça ne va pas, maman?

Brusquement sa cuiller a plongé dans le lait tandis qu'elle me décochait un regard de fauve:

— Et ton chat? Il ne manque de rien?

D'habitude, les yeux de Prune étaient des sourires. Ce matin-là, ils montraient les dents, si je puis m'exprimer ainsi. Avant d'être mordu, je me suis écarté d'elle.

— Maxime, il va falloir qu'on ait une longue conversation au sujet de cet animal! Ce soir, après l'école!

J'ai fermé la porte de ma chambre, un peu chaviré. Le regard hideux de cette femme ne pouvait pas appartenir à ma mère!

J'ai annoncé à Émeraude que je devais partir.

«Tu me laisseras dans la solitude?»

«Je ne peux pas faire autrement. L'école, c'est obligatoire. C'est un peu comme des travaux forcés pour les enfants. Mais je vais revenir, ne t'en fais pas.»

«Je t'aime, Maxime. Ton absence sera dégueulasse.»

***

En cheminant vers l'école, je me sentais drôle. On aurait dit que je flottais à un mètre du sol. Je n'étais pas joyeux pourtant.

Je n'avais pas toute ma tête, c'était plutôt ça. Je venais juste de comprendre pourquoi Hugo avait été invisible ce matin. C'était la faute de son allergie. Les effets empiraient sans doute d'heure en heure. Et ça, à cause de moi.

Je me suis souvenu que Pouce jouerait son troisième match ce soir-là. Je lui avais juré d'y assister, et ma promesse m'embêtait. Ça ne me tentait pas d'abandonner Émeraude pendant toute la soirée.

J'étais vraiment surpris de ne pas être plus dérouté au sujet de mon chat. Héberger quelqu'un d'un autre monde, ça n'était pas si extravagant, puisque j'y étais déjà habitué.

Je l'ai dit: je flottais à un mètre du sol.

Chapitre IV
La colère de Pouce

Prune m'attendait au salon quand je suis rentré. Je lui ai demandé prudemment:

— Papa est au lit?

— Non. Il est dans son bureau, en train d'écrire.

— Alors... il n'est pas si malade que ça?

Elle a fait un geste agressif qui ne lui allait pas bien.

— Depuis hier, ton père est pris de crises d'asthme. Je t'ai déjà dit ce qu'un médecin nous avait expliqué sur son allergie. L'as-tu oublié?

— Oui. Enfin, en partie...

— Pourquoi es-tu si déraisonnable tout à coup? Avant-hier, Hugo m'a suggéré d'attendre avant de prendre une décision. J'en ai assez vu! Ça me fait de la peine, Maxime, mais ton chat doit quitter cette maison!

J'étais catastrophé. Je me suis traîné jusqu'à ma chambre comme un gars qui se meurt de soif au milieu du désert. Ça n'a pas empêché la voix de ma mère de me poignarder dans le dos:

— Il faudra que ce soit réglé demain, au plus tard!

Je me suis étalé sur mon lit, et Émeraude est venue frotter ses joues contre les miennes. Mon crâne de zombi recevait ses gentils messages. J'ai trouvé la force de l'étreindre. J'étais malheureux.

«Peux-tu identifier?» m'a-t-elle demandé en voyant que je pleurais.

«On appelle ça des larmes. Ça arrive aux humains lorsque leur peine déborde. C'est une catégorie très spéciale d'inondation.»

Je lui ai tout raconté. Au début, la panique l'a saisie. Puis elle s'est calmée. Finalement, elle m'a envoyé un message complètement inattendu:

«Je peux réparer ton père. Je toucherai son esprit à distance, et mon corps dégueulasse ne lui donnera plus le mal.»

«Tu as le pouvoir de guérir les gens? Comment fais-tu ça?»

«Le désirer je dois.»

«Alors, désire-le, Émeraude! Désire-le au plus vite!»

«Le mal sera détruit bientôt», m'a-t-elle promis.

***

Le soir, juste avant de manger, je lui ai annoncé que j'irais voir Pouce à l'aréna.

«Qui est Pouce?»

«Pouce, c'est mon ami. Mon meilleur ami.»

«Je ne connais pas ami.»

«Un ami, c'est ce qui compte le plus au monde, je crois. Quand on en a un, on souhaite qu'il ne disparaisse jamais, qu'il reste toujours là. Si on s'emmerde un peu en sa compagnie parfois, ce n'est même pas grave.»

Émeraude a paru réfléchir durant quelques secondes. Puis elle a dit:

«Maxime est mon ami.»

«Oh! Ça, c'est vraiment gentil!»

Mais elle s'est arrachée à mon étreinte pour s'éloigner en direction du mur. Le dos tourné, elle s'est mise à se lécher les orteils.

«Tu es fâchée parce que je m'en vais?»

«Parti loin toujours. Tu me laisses

dans la solitude bizarre et dégueulasse. J'ai de la souffrance. Si j'étais un humain, je fabriquerais des larmes.»

Je me suis rapproché d'elle afin de la consoler. Toutefois ma bonne volonté n'a servi à rien.

***

Hugo était à table avec nous. Il avait du mal à respirer, je le voyais bien.

Lorsque j'ai parlé de Pouce et de la partie de hockey, sa tête a pivoté vers moi. Son visage imitait celui des méchants au cinéma. Il a grogné:

— Et tes devoirs? Et tes leçons?

Il était si méconnaissable que j'ai cessé de mastiquer. J'ai regardé Prune. Elle aussi me faisait de gros yeux.

Qu'est-ce qui leur arrivait, à mes parents? Pourquoi avaient-ils ces airs qui me donnaient froid dans le dos? La présence du chat méritait-elle qu'ils se changent en ogres?

— Réponds! a gueulé mon père en frappant la table du poing.

J'ai sursauté en même temps que les assiettes. Prune a dû penser que son mari en mettait trop, car elle a posé la main

sur la sienne. Hugo a dit: «Aïe!» En jouant les durs, il avait abîmé sa fragile main d'écrivain.

Je me suis levé de table et je me suis sauvé sans finir mes spaghetti.

***

Heureusement, le match est parvenu à me distraire.

Pouce a été fidèle à ses habitudes. Il était minable. Mais ça ne paraissait pas. Ses coéquipiers étaient pires que lui.

Doux comme un ourson dans la vie,

Pouce devient un char d'assaut sur une patinoire. Ça me fait rigoler parce que je le connais bien. Une fois, il avait étouffé un adversaire en l'écrasant contre la bande. Une minute plus tard, le gars était rétabli. Il avait fallu un mois à Pouce pour s'en remettre.

Après la défaite, sa troisième de suite, je me suis glissé jusqu'au vestiaire avec l'intention de lui remonter le moral.

Il était assis sur un long banc de bois, la tête basse, la sueur dégoulinant de son visage. Ses coéquipiers s'affairaient en silence. Debout dans un coin, l'instructeur se rongeait les ongles.

Pouce m'a vu. Son visage s'est pétrifié.

— Qu'est-ce que tu fais ici, toi?

Persuadé qu'il blaguait, je me suis approché en souriant.

— Tu viens te moquer de moi, hein? Un score de 11-2, ça ne suffit pas comme insulte pour aujourd'hui?

Les autres avaient tourné les yeux vers nous. Mon ami s'est redressé de toute sa hauteur. Avec ses patins, il me dépassait de deux têtes. Un géant devant un nain.

— Sors d'ici!

Me demandant si j'avais des hallucinations, je n'ai pas bougé. Ses yeux envoyaient de nombreux signaux, mais surtout pas des marques d'affection.

— FOUS LE CAMP! JE NE VEUX PLUS TE VOIR LA FACE! C'EST CLAIR?

Pas à pas, j'ai reculé jusqu'au corridor. Ensuite, j'ai carrément pris mes jambes à mon cou.

***

Je suis tombé sur Hugo en arrivant. Il était en pyjama et il avait l'air penaud avec ses manches trop longues.

— Je suis désolé de mon comportement de tout à l'heure, m'a-t-il dit. Je ne sais pas ce qui m'a pris, Maxime. C'est inexcusable. Je me battrais.

Je ne pouvais pas le regarder d'homme à homme. Toutes ces émotions qui se mêlaient dans mon coeur m'anéantissaient. Quelques mots ont pourtant réussi à traverser ma gorge rétrécie:

— Tu... tu étais fâché à cause du chat?

— Même pas! Je ne t'en veux pas d'avoir amené cet animal ici. À propos! Ce soir, je me sens beaucoup mieux!

Cette déclaration m'a secoué un peu, et j'ai examiné Hugo. Les rougeurs avaient disparu de sa figure. Il respirait mieux aussi.

— Dis donc, toi! m'a-t-il murmuré. Quelque chose te tracasse ou je ne te connais plus.

Lorsque l'inondation s'est produite, il m'a attiré sur le fauteuil en passant un bras autour de mes épaules. Je lui ai tout raconté à propos de Pouce.

— Ton ami est frustré d'avoir perdu, m'a-t-il expliqué. Quand Prune est frustrée à cause de son travail, parfois elle se défoule sur moi, même si je n'ai rien à y voir. Et ça m'arrive à moi aussi, de faire ça. Après, on a honte et on finit par s'excuser.

— Il n'est pas vraiment furieux contre moi, tu penses?

— S'il n'a aucune raison de l'être, ça va s'arranger. Vous êtes des amis depuis si longtemps!

Papa m'avait soulagé. La crotte que j'avais sur le coeur sentait moins mauvais. Par contre, le petit tas qu'Émeraude avait laissé au milieu de ma chambre ne sentait pas la rose, lui!

C'était la deuxième fois qu'elle me faisait ce coup-là pendant mon absence! Et cette fois-ci, elle n'avait pas été se cacher. Elle était allongée sur mon lit comme une princesse.

Mais je n'ai pas pu me mettre en colère. Elle était si paisible. Sa malpropreté avait été sa manière à elle de protester contre mon départ.

Et puis, maintenant que ma peine avait fondu, la guérison de Hugo prenait une gigantesque importance. Qui donc avait réglé ce problème, hein? Sinon Émeraude, et elle seule?

Je l'ai vite informée de la situation, et elle m'a répondu:

«Ton père sera complètement réparé demain.»

J'étais tellement content que je ne me posais aucune question. Au fond, ça me semblait naturel qu'Émeraude jouisse d'un tel pouvoir. Je ne me surprenais plus de rien à son sujet. Ne venait-elle pas d'un autre monde?

Chapitre V
La lettre-surprise

Il était tard. La journée avait été suffisamment méchante avec moi, et j'avais hâte de ne plus y penser. J'allais m'endormir quand Émeraude m'a demandé soudainement:

«Qui est cette Jo? Tes pensées personnelles je capte parfois. Et le nom de cette Jo se promène souvent dans ton esprit. Pourquoi?»

«Si tu lis mes pensées, tu devrais le savoir! Jo, c'est ma meilleure amie.»

«Elle aussi? Ton meilleur ami est Pouce, tu as dit déjà. Tu as des amis beaucoup, beaucoup! La fin n'existe pas!»

J'étais épuisé. Je ne voyais pas où elle voulait en venir.

«Cette Jo? Plus que moi l'aimes-tu?»

«Voyons, ce n'est pas pareil! Jo est un être humain, et toi tu es un...»

— MMRRWHAWW! a-t-elle fait en sautant

du lit.

«Un chat? C'est le mot dégueulasse que ton esprit allait dire!»

Ses yeux fluo étaient braqués sur moi comme deux pistolets laser.

«Je ne suis pas un foutu chat! Je désire que tu ne me désignes plus ainsi! Un être pensant est Émeraude! Et cette Jo est dégueulasse!»

Elle est allée bouder quelque part dans le noir. Je ne distinguais plus ses yeux. Encore une fois, elle devait me tourner le dos.

***

Le lendemain matin, tous les malaises de Hugo avaient miraculeusement disparu. Mes parents n'en revenaient pas. Prune a même dit que je pourrais garder le chat si le miracle tenait bon.

***

Comment réagirait Pouce en me voyant? J'avais eu le temps d'élaborer bien des hypothèses. Mais je n'avais pas prévu celle qui s'est réalisée. Toute la journée, il a fait comme si j'étais devenu transparent.

À ma grande surprise, Jo aussi était bizarre avec moi. Elle gardait ses distances. Quand on se croisait, elle m'adressait un signe de tête. Je n'étais plus qu'une vague connaissance pour elle, on aurait dit.

Après les cours, tous les deux se sont enfuis sans m'attendre.

Je ne saisissais pas ce qui avait pu vexer Pouce, ni pourquoi Jo l'appuyait maintenant. Je ne comprenais absolument rien à cette sacrée histoire de fous.

D'abord, j'avais déboulé une montagne. Maintenant, la plus terrible des avalanches m'ensevelissait.

***

La bouderie d'Émeraude était terminée. De nouveau, elle était affectueuse. Tout le monde ne m'envoyait donc pas au diable, et ça me rassurait un peu.

J'essayais toujours d'en apprendre davantage sur elle.

À quoi ressemblait la vie dans son monde? Comment c'est, lorsqu'on est immatériel? Habitait-elle une maison? Avait-elle des amis là-bas? Qu'est-ce que c'était, au juste, cette mamanpapa dont elle m'avait parlé une fois?

La plupart du temps, Émeraude ne comprenait pas mes questions. Ou je les formulais mal. En tout cas, les différences entre nos deux mondes paraissaient insurmontables.

«J'ai de la tristesse, Maxime. Cette Jo est dans mes pensées. Tu l'aimes beaucoup, beaucoup.»

Elle ne l'appelait pas Jo, mais *cette Jo*. Je détestais ça.

«Auparavant, je n'avais pas un corps, tu le sais. Maintenant, un corps j'habite. Bizarre cela est pour moi!»

«Que cherches-tu à me dire?»

«Si ton lieu était le mien, je serais un humain, car un être pensant je suis. Et je serais une femelle. Pas un mâle. *Tu* es un mâle et je serais une femelle. Je l'ai découvert.»

«Tu as le corps d'une chatte, c'est logique.»

«Non, Maxime. Ce corps et moi: aucun rapport. Je serais une femelle parce que je suis moi.»

Si quelqu'un m'avait questionné à ce sujet, j'aurais répondu qu'Émeraude n'avait pas de sexe, puisque c'était la vérité. Depuis le début, je la considérais pourtant comme une femelle. Ce qu'elle venait de me dire ne changeait donc pas grand-chose pour moi.

«Cette Jo est une fille, Maxime. Moi aussi, une fille je suis. Alors, je souffre de jalousie.»

J'étais étendu sur mon lit. Ma main flattait le dos de mon chat sans que j'y pense. Les yeux mi-clos, j'admirais le plafond.

«Dors super bien! a conclu Émeraude. Contente je suis d'avoir passé la soirée en ta compagnie.»

***

Le lendemain, j'avais pris une décision historique. Il fallait régler cette brouille entre Pouce et moi. Du même coup, mon malentendu avec Jo disparaîtrait en fumée. J'avais l'intention d'aborder Pouce le plus tôt possible.

Pas facile, car il prenait la poudre d'escampette chaque fois qu'il m'apercevait. Le pire, ce matin-là, c'est que Jo l'imitait.

À midi, l'heure était venue. Ils avaient l'habitude de manger à la cafétéria, comme moi, mais je les ai attrapés dehors juste avant.

J'ai marché vers eux. Je ne savais pas comment combler l'abîme qui nous séparait. Ma gorge était tellement serrée que ça me faisait mal.

— Salut, Pouce. Salut, Jo. En forme?

Pouce feignait de s'intéresser à un pigeon qui avait une aile brisée. Jo, elle, contemplait ses souliers neufs. Je pensais que j'allais mourir.

— Je m'ennuie de vous. J'ai hâte qu'on se réconcilie.

Sans avertissement, Pouce a bondi sur moi et il m'a saisi par le collet.

— Ta gueule! Je ne veux plus que tu m'adresses la parole, compris?

— Mais... Pouce... Qu'est-ce qui t'arrive?... Qu'est-ce que je t'ai fait?...

— JE T'AI DIT DE NE PLUS T'APPROCHER DE MOI!

Il me serrait le cou sauvagement. Sa figure semblait sortie tout droit d'un film de violence.

— Je suis... ton ami... Pouce!... Dismoi... ce qui se passe!...

Il m'a soulevé, puis balancé comme si j'étais un sac à ordures. J'ai atterri sur le dos. Ma tête a rebondi. En ouvrant les

yeux, j'ai vu un tas d'élèves autour de moi.

J'ai palpé mon occiput. Quand j'ai regardé ma main, elle était tachée de sang. Je me suis relevé.

Me foutant de manquer l'école durant l'après-midi, j'ai piqué un fameux sprint jusqu'à la maison.

***

Prune a désinfecté la plaie, et Hugo a

appelé le directeur pour justifier mon absence.

Ils avaient beau me questionner, mes réponses avaient la consistance du yogourt. Physiquement je n'avais plus mal. Mais en dedans, j'étais en miettes.

J'aurais voulu que mes parents puissent tout effacer. Que Pouce arrive en avouant que la blague avait été trop loin. Que Jo vienne aussi et qu'elle se jette dans mes bras en s'excusant.

Mes souhaits ne se réalisaient pas. Soudain, la vie ressemblait à ce parc où j'avais trouvé Émeraude. Elle était peuplée d'arbres tristes, de neige fondante et de boue. Remplie de jeux rouillés et de soupe aux asperges.

— Je vais parler à Pouce! a dit ma mère.

— Ou à ses parents! Il pourrait amocher sérieusement Maxime si ça continue!

Je les ai suppliés de ne rien faire, mais ils ne trouvaient pas que c'était la solution. Une solution, où achète-t-on ça quand on en a besoin désespérément?

**

Contre les refroidissements causés par

le chagrin, la chaleur est l'unique remède.

Hugo et Prune faisaient de leur mieux. Cependant leur *mieux* n'avait pas la même valeur que d'habitude. Après leur agressivité des derniers jours, ils ne parvenaient pas bien à se rapprocher de moi.

C'est Émeraude qui m'a aidé à traverser l'épreuve. «Je t'aime, Maxime», «Reste avec moi, Maxime», «Je suis heureuse beaucoup, beaucoup»... Ses nombreux messages d'amour me réconfortaient.

Tout l'après-midi, on est restés au lit à se coller. Son ronron me rappelait les berceuses que me chantonnait Prune quand j'étais petit.

***

Au cours de la soirée, maman a frappé à ma porte:

— Une lettre pour toi, mais elle n'a pas de timbre. Quelqu'un a dû la glisser dans la boîte en fin d'après-midi.

J'ai pris la lettre et j'ai refermé la porte.

Mon nom était écrit à la main sur l'enveloppe. J'ai immédiatement reconnu l'écriture de Jo. J'ai déplié le message. Ce n'était pas une lettre d'excuse, encore moins une lettre d'amour:

Maxime,

Je ne t'aime plus. Je ne veux même plus te parler ni te regarder. Je ne veux plus jamais penser à toi.

Adieu.

Chapitre VI
La fille de rêve

Le bout de papier m'est tombé des mains.

Je regardais fixement le mur devant moi. J'avais sûrement l'air aussi brillant qu'un volontaire dans un spectacle d'hypnose.

Pourquoi Jo m'avait-elle écrit cette lettre dégoûtante? Voulait-elle absolument m'assassiner?

Ne plus lui parler! Ne plus écouter son rire! Ne plus voir les reflets du soleil sur son visage!

Oh non! M'enlever Jo, c'était polluer toute mon existence!

J'avais vécu des tas de choses en sa compagnie. On s'était amusés ensemble. On avait pleuré ensemble. On avait eu peur ensemble. On était presque morts ensemble.

Elle ne pouvait pas me rayer de ses souvenirs juste parce qu'elle était fâchée!

C'était de la cruauté mentale! Une atteinte aux droits de la personne!

La vie sans Jo, ce serait une journée de maladie sans fin, avec le thermomètre sous la langue et les frissons glacés! Ce serait la nuit éternelle! L'hiver nucléaire!

J'aurais pu lui téléphoner et exiger des explications! Courir chez elle et la supplier à genoux! Répondre à sa lettre! Lui expédier un télégramme! Lui faire livrer des fleurs! Ou des ballons! Ou sa pizza préférée!

J'aurais pu demander l'intervention du secrétaire général des Nations unies!

Mais, assommé comme je l'étais, je n'avais plus la moindre force.

«Explications je veux! disait Émeraude. Envoie foutus messages, s'il te plaît! Qu'arrive-t-il à Maxime?»

Mon esprit était bloqué. Même cet être aux pouvoirs télépathiques ne réussissait plus à communiquer avec moi.

***

Je voulais perdre la mémoire. Ne plus songer à cette histoire crasseuse. Me convaincre que rien n'était arrivé. J'avais juste fait un cauchemar. Tout allait bien.

J'avais toute l'amitié dont j'avais besoin et j'étais heureux...

Émeraude a bondi sur le lit et elle m'a examiné. Ensuite, j'ignore quand ça s'est produit exactement, mais j'ai revécu l'espèce d'évanouissement qui m'avait déjà frappé deux jours plus tôt.

Lorsque je suis revenu à moi, Émeraude n'avait pas bougé. Ses yeux de félin exprimaient une sorte d'intérêt scientifique.

C'est elle qui avait provoqué cet évanouissement! Elle possédait aussi ce pouvoir, je venais de le deviner! Comme à l'hôpital avant une opération, elle avait *anesthésié* mon esprit. Dans quel but? Ça, je ne le savais pas.

Tout à coup, je me sentais léger! Insouciant! On aurait dit qu'une partie de mon cerveau ne fonctionnait plus. Le désespoir ne me grugeait plus les os. Mes sombres pensées avaient pris l'avion pour un pays ensoleillé.

J'ai regardé Émeraude et j'ai songé: «Mon Dieu! qu'elle est importante!» Il n'y avait plus qu'elle au monde! J'étais abandonné de tous, mais elle restait là. Elle me faisait confiance. Elle avait besoin de mes cajoleries. Elle m'aimait.

Je l'ai prise contre moi, et on s'est mi-nouchés très longtemps.

Beaucoup plus tard, j'ai ramassé la lettre de Jo et je l'ai relue.

Ces mots monstrueux, ces mots répugnants n'éveillaient plus rien en moi. Ils me faisaient autant d'effet que l'étiquette d'une boîte de savon.

J'ai chiffonné le message et je l'ai jeté dans la corbeille à papier.

***

J'avais éteint la lampe. Seuls les yeux de mon chat trouaient l'obscurité.

«Maxime? Avant ton sommeil, t'offrir un cadeau je désire. Ferme tes paupières. Le cadeau arrivera dans ton esprit.»

Petit à petit, une forme verticale s'est dessinée sur l'écran noir de mes pensées. Puis elle s'est précisée jusqu'à devenir une silhouette humaine. Celle d'un enfant ou d'un adolescent.

«Regarde, regarde, beaucoup, beau-coup, Maxime.»

Le flou a disparu, comme lorsqu'on ajuste la lentille d'un appareil-photo.

ET ALORS, J'AI VU!

L'image représentait une jeune fille d'à peu près mon âge. Elle avait les cheveux blonds.

Sa jupe lui descendait jusqu'aux genoux, et des bas blancs habillaient ses jambes délicates. Des souliers noirs couvraient ses petits pieds.

Son visage était doux. Elle avait les joues un peu rondes. Ce qui la rendait encore plus adorable, c'étaient ses yeux. Ils semblaient deux fois plus grands que la normale et me regardaient avec une tendresse qui me crevait le coeur.

C'était la plus belle fille que j'avais

jamais vue!

«C'est moi», a dit Émeraude.

Les lèvres de la jeune fille avaient bougé au rythme de ces mots.

«C'est moi. Émeraude je suis. Je t'avais dit que j'étais une fille. Voici mon cadeau. Voici la fille que je serais si ton lieu était le mien.»

«Mais je ne savais pas que tu étais aussi belle! Oh! si j'avais su...!»

Tant de beauté me bouleversait. Des larmes coulaient le long de mes joues.

De la même couleur que ceux du chat, ses yeux étaient un peu tristes. Juste assez pour que je sente sur mon coeur le douloureux frôlement d'une aile d'oiseau.

Ces yeux, on aurait dit qu'ils m'appelaient! Qu'ils avaient besoin de moi!

«Je t'aime, Maxime, a murmuré la jeune fille en souriant avec timidité. Je t'aime, je t'aime, je t'aime...»

Puis son image s'est effacée aussi lentement qu'elle était venue. J'aurais voulu la retenir. Passer le reste de ma vie à la contempler.

Longtemps après son départ, mon esprit chambardé retentissait encore de ses «je t'aime»...

***

Je n'ai pas pu m'endormir avant le milieu de la nuit.

L'image qui me hantait était trop éblouissante. Quelque chose d'infiniment doux se consumait dans ma poitrine et ne voulait pas s'éteindre.

Soudainement une pensée a jailli en moi comme une évidence.

Comparée à cette jeune fille, Jo n'était rien. Rien du tout!

Et ça ne me choquait même pas d'avoir une idée pareille.

Chapitre VII
Le brouillard rose

Les jours suivants, j'ai été incapable de penser à quoi que ce soit, sauf à la jeune fille.

À l'école, je ne m'occupais plus de Jo ni de Pouce qui me fuyaient de toute façon. Je me foutais de ces élèves qui chuchotaient derrière mon dos. Je n'écoutais pas ce que les profs nous débitaient.

La jeune fille était partout à la fois. Elle remplissait mon univers.

Je ne flottais plus à un mètre, mais à des kilomètres au-dessus du sol. J'étais devenu une montgolfière et je volais dans l'azur de mes pensées.

***

Chaque soir, Émeraude la faisait réapparaître.

Je m'allongeais d'abord, le chat ronronnant à mes côtés. Puis le prodige avait lieu.

Le même rêve m'étourdissait. Les mêmes mots s'emparaient de mon coeur.

J'attendais cette visite avec une ardeur qui grandissait de jour en jour. Chaque fois, la jeune fille était plus belle et plus envoûtante. Chaque fois, je me noyais plus profondément dans ses yeux.

Et toujours je m'endormais en songeant à elle.

***

En gros, je continuais pourtant à m'occuper d'Émeraude comme si c'était un chat ordinaire. Je la grattais derrière la tête. Je lui donnais à manger deux fois par jour. Je nettoyais son bac à litière.

Et malgré ce qu'elle était vraiment, Émeraude se comportait toujours en chat. Elle passait un temps fou à se toiletter, engloutissait sa viande, faisait ses besoins dans la sciure de bois.

Pourtant...! Non seulement Émeraude n'avait rien d'un chat ordinaire... Non seulement son corps cachait un être d'un autre monde... mais surtout... SURTOUT...!

C'était le bel ange aux cheveux dorés que je voyais à travers elle. Lorsque je mêlais mon regard au sien, c'étaient les yeux de la jeune fille que je contemplais.

Émeraude était une créature féerique. Comment aurais-je pu me faire croire, alors, qu'elle n'était qu'un chat?

Ses mots d'amour coulaient dans ma tête comme du miel. Chacun d'eux était un nouveau sourire de la jeune fille qui m'avait rendu fou.

***

J'ai vécu ces journées-là au milieu d'un brouillard. Un brouillard rose qui sentait bon. Mais c'était un brouillard quand même.

Le temps ne comptait plus. Mes rêves écrabouillaient la réalité.

Parfois, durant ses apparitions, j'en venais à croire que la jeune fille existait réellement. Que je pouvais l'embrasser si je le désirais. La prendre par la main et l'emmener je ne savais où.

Tout ce qui la concernait se mêlait en moi.

Émeraude était le chat. La jeune fille était Émeraude. La jeune fille était le chat.

***

Mes parents devaient me trouver bizarre

quand je rentrais en marmonnant à peine bonjour! Ils devaient se poser bien des questions quand je m'enfermais dans ma chambre pendant toute la soirée!

Je ne regardais plus la télé. Je ne jouais plus à rien. Je ne lisais plus. Je n'écoutais plus de musique.

Et j'avais perdu l'appétit.

***

— J'aimerais te parler, Maxime. Prune et moi, on est inquiets.

— Tout va bien, papa.

— Non, je ne te crois pas... Maxime, je voudrais que tu m'écoutes!

— Désolé. J'ai des choses à faire dans ma chambre.

— Justement, Maxime, tu ne *fais* plus rien! Tu es devenu un fantôme ici!... Maxime, je te parle!

— Laisse-moi tranquille. Tu ne comprendrais pas.

— Maxime, s'il te plaît, assieds-toi!

— PAPA, JE TE DEMANDERAIS POLIMENT DE ME FOUTRE LA PAIX!

***

Un après-midi, j'ai été mis en retenue à l'école.

Je n'étudiais plus, le prof avait raison. Je bâclais mes devoirs. Durant les cours, je rêvassais. Et mes notes en prenaient un coup, ça allait de soi.

Enfermé dans la bibliothèque, j'ai donc fait semblant de travailler en compagnie d'autres malchanceux. C'était la première fois depuis longtemps que je me trouvais loin d'Émeraude à ce moment de la journée.

J'avais posé mon menton au creux de ma main. Mon regard glissait sur les pages d'un livre. J'étais ailleurs.

Soudain, quelque chose s'est mis à

grouiller en moi. On aurait dit qu'une espèce de rideau se levait dans ma tête,
comme avant un spectacle.

Lentement, j'ai vu défiler les albums
de B.D. qui composaient ma collection
personnelle.

Je les regardais passer. Et je ne ressen-
tais rien.

La parade s'est poursuivie avec mes
cassettes et mes jeux vidéo. Mais je
n'avais aucune réaction en les voyant.

Puis les posters de mes idoles se sont
déployés à leur tour. Ce n'étaient plus
que des fusées de papier qui se brisaient
sur mon coeur.

Ensuite, j'ai revu les amis rencontrés
lors de mes aventures. D'habitude, j'avais
chaud au coeur quand je pensais à ces
gens-là. À présent, mon coeur restait de
glace.

Sauf Émeraude, je n'aimais plus rien
ni personne!

J'ai alors compris que j'étais tombé
fichtrement malade!

Chapitre VIII
Le coup de téléphone

Au cours de la soirée, le téléphone a sonné à la maison.

Depuis mon retour, je m'arrangeais pour repousser le chat. J'avais besoin de réfléchir. Émeraude tournait autour de moi sans comprendre.

Maman s'est précipitée dans ma chambre. Aussi blême qu'elle, Hugo l'accompagnait.

— La mère de Jo vient d'appeler. Il est arrivé quelque chose à sa fille.

Prune m'a touché le bras:

— Jo a eu un accident, Maxime. Elle s'est fait renverser par une auto.

— Quoi!?

— Ça s'est produit il y a deux heures. Sa mère tenait à ce que tu l'apprennes aujourd'hui. Elle a dit que tu étais le meilleur ami de Jo.

Elle a jeté un coup d'oeil à Hugo. Mon père a baissé les yeux.

— Jo est toujours en vie, maman?

— Oui, mais elle est inconsciente. Commotion cérébrale.

J'ai commencé à trembler de tous mes membres. Mes dents s'entrechoquaient. J'ai eu un haut-le-coeur.

Prune et Hugo m'ont soutenu jusqu'à mon lit.

— MMMEAO! a hurlé Émeraude en reculant. Wawwh! Meaww?

— Ah! toi, ça suffit! a gueulé ma mère.

La chatte s'est accroupie en baissant les oreilles. Penché sur moi, Hugo me caressait les cheveux tandis que Prune me souriait péniblement.

— Je veux savoir si Jo est blessée!

— On te le dira dès qu'on aura des nouvelles, m'a assuré maman.

— Elle ne va pas mourir, hein? Elle ne va pas mourir?

Prune a tiré les couvertures jusqu'à mon menton. Mes frissons rebroussaient chemin, mais j'étais aussi fatigué qu'un mort vivant.

Le sommeil m'a avalé comme un monstre des ténèbres.

***

Je me suis réveillé à deux reprises cette nuit-là.

La première fois, c'est lorsque Émeraude m'a poussé avec son nez. Ayant deviné qu'un grave événement avait eu lieu, elle me posait des questions télépathiques. Je percevais son inquiétude malgré le flou de mon esprit.

La deuxième fois, c'est lorsque Hugo a entrouvert la porte afin de vérifier si j'allais bien. J'étais trop ensommeillé pour lui demander s'il avait appris autre chose.

Je suis vite retourné à mon gouffre noir.

***

Le lendemain matin, les larmes du ciel cognaient sur ma vitre. J'ai regardé par la fenêtre. Il pleuvait tant que les rues et les maisons semblaient avoir été placées dans un aquarium. L'armée de frissons est revenue m'attaquer.

Mes parents étaient à table. En m'apercevant, ils ont souri.

— Jo s'est réveillée! m'a annoncé Prune. D'après le médecin, elle n'a aucune blessure sérieuse.

— Tu en es certaine? Tu ne dis pas ça

juste pour me rassurer?

— Non, Maxime, a-t-elle répondu en me tendant les bras. Viens!

Et j'ai été sangloter sur l'épaule de ma mère. C'était niaiseux, je l'admets. Mais bon Dieu que c'était bon!

***

Hugo et Prune m'ont accompagné à l'hôpital.

J'avais honte et j'avais peur. Je me trouvais stupide, idiot, imbécile, ingrat, aveugle, égoïste, insignifiant, cinglé, débile, crétin, nul!

Je voulais être auprès de Jo. En même temps, j'aurais voulu m'enfuir à des millions de kilomètres d'elle.

Sa mère était déjà dans la chambre. Mes parents sont entrés. Moi, je me dissimulais derrière eux.

Les adultes papotaient. Je restais loin du lit, les yeux cloués au plancher. L'eau dégoulinait de mon imperméable et créait des flaques à mes pieds.

J'ai relevé la tête, tout déconfit. Vêtue d'un pyjama rose, Jo me fixait. Son visage avait une couleur malade. Elle ne souriait pas.

On s'est dévisagés longtemps. Les adultes avaient cessé de jacasser. Ma voix tremblotait lorsque je lui ai demandé:

— Tu as mal?

Des étoiles se sont allumées au bord de ses paupières.

— Un peu. Mais le docteur a dit que je n'ai... Comment il a dit ça, maman?

— ... aucune fracture ni lésion interne.

Le silence s'est imposé comme au cinéma quand l'émotion est à son comble. Puis les adultes sont sortis sur la pointe des pieds.

Un Maxime au coeur broyé regardait sa fragile amie qui ne bougeait pas, elle non plus.

Après je ne sais combien de temps, mes jambes se sont enfin décidées. Elles ont couru vers Jo qui m'a reçu en m'enlaçant.

— Jo! Ma petite Jo! Comment vas-tu?

— Maxime, je me suis tellement ennuyée de toi! Oh! Maxime, mon ami!

Ses petits bras m'entouraient. Les miens la serraient avec une force que je ne leur connaissais pas.

***

— J'ignore pourquoi je t'ai écrit cette

lettre, Maxime. J'étais devenue folle. C'était comme lorsqu'on est enragé contre quelqu'un et qu'on ne pense plus aucun bien de lui. Pourtant je savais que je t'aimais encore!

— Redis-le, Jo. Redis-le encore que tu m'aimes.

— C'est vrai! Tu n'as jamais cessé d'être mon ami! Mais il y avait en moi, oui, on aurait dit une force extérieure qui m'éloignait de toi!

Jo n'avait ni fracture ni lésion interne. Les lésions internes, c'est moi qui les avais. Mon coeur blessé se déchirait de plus en plus.

— Quant à Pouce, je ne sais pas pourquoi il t'en voulait. On n'en a jamais discuté. Mais il était malheureux, lui aussi.

J'ai fait oui en silence. Mes mâchoires se serraient.

— Hier soir, j'avais décidé de t'offrir mes excuses. Je suis sortie de la maison en courant presque. Puis, à mi-chemin, quelque chose m'a immobilisée.

— La... force extérieure, c'est ça?

— Oui. Je ne comprenais plus ce que je faisais dehors. Cette espèce de force mystérieuse m'a obligée à retourner sur mes pas. Je me suis mise à marcher comme un robot. Je ne pouvais plus penser.

— C'est horrible!

— Pendant que je traversais la rue, une auto est arrivée à toute vitesse. Je voulais courir, mais mes pieds étaient devenus des blocs de béton! Le conducteur a essayé de m'éviter...!

Elle a brusquement caché son visage dans ses mains.

— Heureusement qu'il maîtrisait son véhicule. Il m'a à peine touchée! J'ai quand même ressenti un choc et... j'ai perdu connaissance.

Elle s'en était tirée avec un bleu sur la cuisse gauche. Mais elle était passée, comme on dit, à deux doigts de la mort.

***

J'ai demandé à mes parents de repartir sans moi. Je leur ai dit que je reviendrais à pied. L'hôpital était situé à quinze minutes de la maison.

— Il pleut à boire debout! a objecté Hugo.

— Ça ne fait rien, papa. Ça va me rafraîchir les idées.

***

Je fonçais sous la pluie comme un navire en pleine tempête. Mon cerveau était du métal en fusion. Des flammes me sortaient des yeux. Je suis sûr qu'il y avait un gros nuage de vapeur dans mon sillage.

Je réfléchissais à la *force extérieure* qui avait causé l'accident. Cette force n'était pas imaginaire. Et je savais aussi d'où elle venait.

Je ne m'étais pas méfié quand Émeraude m'avait expliqué son pouvoir de *réparer* les gens. Il m'était drôlement

utile, à ce moment-là, puisqu'il s'agissait de guérir Hugo!

De même, je n'avais pas établi le rapport entre Émeraude et la transformation des gens que j'aimais. Pourtant, ils avaient tous changé APRÈS que je lui ai décrit les liens qui m'unissaient à chacun d'eux.

Hugo et Prune avaient été ses pre-mières cibles. À partir du moment où elle avait su qu'ils étaient mes parents, ils étaient devenus agressifs envers moi.

Lorsqu'elle avait découvert l'existence de mon ami Pouce, il y avait eu la scène atroce du vestiaire.

Puis elle avait appris quelle place prenait Jo dans ma vie. Et ma chérie a détalé comme si je ne me brossais plus les dents.

Les pouvoirs de cet être m'apparaissaient sous leur vrai jour. Ils étaient prodigieux, d'accord. Mais épouvantablement dangereux aussi!

Ils avaient failli m'enlever le goût de vivre. ILS AVAIENT FAILLI TUER JO.

En les influençant à distance, Émeraude avait éloigné les gens qui comptaient le plus pour moi. Avec mes parents, ça avait moins bien fonctionné. Peut-être justement parce qu'ils étaient mes parents.

Avec Jo et Pouce toutefois, la méchante méritait un 10 sur 10.

Moi, j'avais subi très tôt son influence. Dès l'instant où je l'avais aperçue au milieu du parc, ses griffes s'étaient plantées dans la chair de mon coeur.

Je ne m'étais pas davantage interrogé sur mes fameux évanouissements. Émeraude m'avait probablement *anesthésié* en de nombreuses occasions, sans que je m'en sois rendu compte. Pendant mon sommeil, par exemple.

Elle m'avait embobiné. Pire: manipulé! Elle avait modelé mes sentiments comme de la pâte, jusqu'à ce qu'elle me tienne entièrement à sa merci. Elle avait même fouillé mes pensées les plus secrètes, et c'était là qu'elle avait trouvé la fille de mes rêves.

Elle avait voulu me posséder. Elle avait réussi.

La pluie hystérique me giflait le visage. Moi, j'avais un super compte à régler avec cet être d'un autre monde.

Chapitre IX
Les griffes du chat

Mes parents m'avaient laissé un mot. Ils étaient partis faire des courses et rentreraient tôt. Le message finissait par: «Nous t'aimons.»

Je suis descendu à la cave chercher une boîte en carton. J'y ai découpé un trou. Avant d'affronter Émeraude, j'ai pris une grande respiration.

Elle était tapie dans un coin de ma chambre, le poil hérissé. Grâce à ses pouvoirs ou à son instinct de chat, elle avait deviné mes intentions.

«Va loin de moi! disait-elle. Tu désires m'assassiner! Va super loin!»

«Je ne te veux aucun mal. Seulement, toi, tu m'en as assez fait.»

J'ai avancé vers elle. Elle sifflait de rage.

«Je vais juste te ramener où je t'ai trouvée.»

«Le foutu parc? Là-bas je serai dans la

solitude bizarre!»

«C'est vrai que tu seras toute seule. Mais tu as ce qu'il faut pour te défendre. Tu es un chat. Tu as des dents et des griffes.»

«Je ne suis pas un chat!»

Un autre pas. Elle était acculée au mur. Elle grondait.

«Tu trouveras peut-être la porte par où tu es entrée ici. Peut-être que tu m'as menti et que tu pourras la franchir en sens inverse. Ou peut-être qu'elle n'existe même pas!»

«Maxime est un excrément dégueulasse!»

«Si tu m'as dit la vérité, tu resteras un chat toute ta vie. Alors, tu n'auras plus qu'à agir comme les autres chats errants.»

Quand je l'ai attrapée, elle a paru s'abandonner à moi. Son corps était aussi mou que lorsque je l'avais recueillie il y avait si longtemps déjà.

Ensuite, j'ai appelé un taxi.

***

J'ai déposé la boîte. Personne aux alentours. En ce début d'après-midi, tous les jeunes du quartier étaient à l'école.

Détrempé par la pluie qui avait cessé, le parc avait l'air d'un marécage.

Au moment de trancher le ruban adhésif, mon geste s'est arrêté. On aurait dit que quelqu'un avait poussé un interrupteur et que j'étais tombé en panne. Paralysé de la tête aux pieds, je ne pouvais même plus remuer les yeux.

J'ai subitement décollé du sol. Puis, en un clin d'oeil, tout a disparu!

Je flottais comme un pur esprit dans le noir. Mes oreilles ne captaient plus aucun son. Mon corps n'avait plus de sensibilité.

Ensuite, j'ai senti une présence étrangère se glisser à l'intérieur de mon cerveau! C'était semblable à mes contacts télépathiques avec Émeraude, mais un million de fois plus puissant!

«Pourquoi lui faites-vous du mal?» m'a demandé une voix.

Je n'ai pas perdu de temps avant de répondre. J'en avais ras le bol de ces mauvaises manières d'une autre dimension.

«Moi, je ne souffre pas peut-être? C'est terrible de perdre ses amis! Et puis, à cause d'Émeraude, Jo a failli mourir!»

«Mourir?... La fin de la vie?»

«Rien que ça, oui!... Maintenant, soyez

polis et présentez-vous!»

«Nous sommes la mamanpapa de celui que vous appelez Émeraude. Nous venons le ramener. Nous le cherchions, car il avait disparu.»

«Sa mamanpapa!... Eh! mais! Vous avez dit: il? Émeraude est une fille, il me semble!»

«Ni une fille ni un garçon. L'identité sexuelle n'existe pas pour nous. Et il ne s'appelle pas Émeraude.»

«Merde de merde de merde! Il a piqué ce nom-là dans ma tête, c'est la couleur de ses yeux!...»

«En jouant près d'une porte conduisant à votre monde, il s'est égaré. Les enfants de tout l'univers adorent jouer.»

«Les enfants? Émeraude serait...?»

«Il est âgé de trois ans à peine, selon votre échelle du temps.»

«Mais elle... enfin, il m'a dit qu'il avait cent ans!»

«Trois années de votre vie, en effet, équivalent à cent années de la nôtre.»

Il y a eu un silence. J'étais ahuri. Puis la voix a continué:

«Nous regrettons le mal qu'il vous a causé. Il était perdu. Il essayait de survivre. Vous l'avez aidé. Vous l'avez aimé. Vous êtes généreux, Maxime.»

Lorsque mes sens ont fonctionné de nouveau, j'étais debout dans une flaque. La boîte n'avait pas été déplacée. Je l'ai ouverte.

Le chat était couché sur le côté, parfaitement immobile. Je m'en doutais déjà un peu, mais c'est en le touchant que j'ai su qu'il était mort.

***

Émeraude ne s'appelait pas Émeraude. Il n'était pas une fille. Il était presque un bébé.

Cet être m'avait menti du début à la fin!

Comme tous les enfants l'auraient fait, je crois, il avait voulu que je remplace son parent auprès de lui. Perdu, effrayé, il avait tâché de bâtir autour de moi un amour exclusif.

À présent, je comprenais mieux son besoin de protection, ses caprices, sa peur panique de me perdre, son désir de m'emprisonner.

Comment aurais-je réagi, moi, à trois ans, si je m'étais égaré dans un autre monde? Aurais-je été moins mesquin, moins menteur, moins possessif?

Je ne lui pardonnais rien. Mais je le comprenais. Et c'était beaucoup.

***

J'ai placé le cadavre au fond du trou que j'avais creusé avec mes mains. Ce que j'ai dit ensuite à voix basse, on pourrait appeler ça une prière.

Ma vie allait maintenant reprendre son

cours normal. Mes parents et mes amis redeviendraient eux-mêmes. Nos coeurs retrouveraient leur liberté.

En pensée, je revoyais Jo dans son lit d'hôpital. Et son sourire qui était comme une chanson! Et son regard qui était comme le bonheur!

Ma gorge se serrait de plus en plus. Mes lèvres frémissaient.

D'un seul coup, le barrage qui retenait mes larmes a explosé enfin.

J'ai pleuré très longtemps au milieu de ce parc abandonné. C'étaient des larmes de joie.

***

— On a encore perdu hier soir, m'a annoncé Pouce. Notre quatrième défaite!... Ma saison de hockey est finie!

Malgré ce qu'il me disait, ses yeux pétillaient de joie.

— J'ai joué un très bon match! J'ai même marqué un but!

Il a sorti sa main droite de sa poche et m'a montré ce qu'il y cachait. Une rondelle de hockey.

— Pouce! C'est scientifiquement impossible!

Durant un moment, il n'y a plus eu entre nous que des rires. Puis il a retrouvé son sérieux... Et je ne lui avais jamais vu un air aussi solennel.

— J'ai énormément de peine, Maxime. Je ne sais pas pourquoi je me suis comporté en brute avec toi.

Il m'a tendu la rondelle.

— Tiens! Je te la donne.

J'observais mon ami avec stupeur. C'était sûrement l'objet le plus précieux qu'il avait jamais possédé.

— Voyons, Pouce! Je ne peux pas la garder!...

Mais j'ai pris la rondelle et je l'ai posée à plat contre mon coeur. Pour ne pas pleurer, on s'est jetés l'un sur l'autre en riant comme des fous.

7337

Table des matières

Achevé d'imprimer
sur les presses de Litho Acme Inc.
3e trimestre 1991